Jorge Luis
Borges

El otro, el mismo

另一个，同一个

[阿根廷] 豪尔赫·路易斯·博尔赫斯 著

王永年 译

上海译文出版社

目 录

v

序　言

　　我与世无争，平时漫不经心，有时出于激情，陆陆续续写了不少诗，在结集出版的书中间，《另一个，同一个》是我偏爱的一本。《关于天赐的诗》（另一首）、《猜测的诗》、《玫瑰与弥尔顿》和《胡宁》都收在这个集子里，如果不算敝帚自珍的话，这几首诗没有让我丢人现眼。集子里还有我熟悉的事物：布宜诺斯艾利斯、对先辈的崇敬、日耳曼语言文化研究、流逝的时间和持久的本体之间的矛盾，以及发现构成我们的物质——时间——可以共有时感到的惊愕。

　　这本书只是一个汇编，其中的篇章是在不同时刻、不同的情绪下写成的，没有整体构思。因此，单调、字眼的重复，甚至整行诗句的重复是意料中事。作家（我们姑且如此称呼）

阿尔韦托·伊达尔戈在他维多利亚街家里的聚会上说我写作有个习惯，即每一页要写两次，两次之间只有微不足道的变化。我当时回嘴说，他的二元性不下于我，只不过就他的具体情况而言，第一稿出于别人之手。那时候我们就这样互相取笑，如今想起来有点抱歉，但也值得怀念。大家都想充当逸闻趣事的主角。其实伊达尔戈的评论是有道理的；《亚历山大·塞尔扣克》和《〈奥德赛〉第二十三卷》没有明显的区别。《匕首》预先展示了我题名为《北区的刀子》的那首米隆加，也许还有题为《遭遇》的那篇小说。我始终弄不明白的是，我第二次写的东西，好像是不由自主的回声似的，总是比第一次写的差劲。在得克萨斯州地处沙漠边缘的拉伯克，一位身材高挑的姑娘问我写《假人》时是否打算搞一个《环形废墟》的变体；我回答她说，我横穿了整个美洲才得到启示，那是由衷之言。此外，两篇东西还是有区别的；一篇写的是被梦见的做梦人，后一篇写的是神与人的关系，或许还有诗人与作品的关系。

人的语言包含着某种不可避免的传统。事实上，个人的试验是微不足道的，除非创新者甘心制造出一件博物馆的藏品，或者像乔伊斯的《芬尼根的守灵夜》，或者像贡戈拉的《孤独》那样，供文学史家讨论的游戏文章，或者仅仅是惊世骇俗的作品。我有时候跃跃欲试，想把英语或者德语的音乐性移植到西班牙语里来；假如我干了这件几乎不可能做到的事，我就成了一位伟大的诗人，正如加西拉索把意大利语的音乐性，那位塞维利亚无名氏把罗马语言的音乐性，鲁文·达里奥把法语的音乐性移植到了西班牙语一样。我的尝试只限于用音节很少的字写了一些草稿，然后明智地销毁了。

作家的命运是很奇特的。开头往往是巴罗克式，爱虚荣的巴罗克式，多年后，如果吉星高照，他有可能达到的不是简练（简练算不了什么），而是谦逊而隐蔽的复杂性。

我从藏书——我父亲的藏书——受到的教育比从学校里受到的多；不管时间和地点如何变化无常，我认为我从那些钟爱的书卷里得益匪浅。在《猜测的诗》里可以看出罗伯特·勃朗宁的戏剧独白的影响；在别的诗里可以看出卢贡内斯以及我所希望的惠特曼的影响。今天重读这些篇章时，我觉得更接近的是现代主义，而不是它的败坏所产生的、如今反过来否定它的那些流派。

佩特[1]说过，一切艺术都倾向于具有音乐的属性，那也许是因为就音乐而言，实质就是形式，我们能够叙说一个短篇小说的梗概，却不能叙说音乐的旋律。如果这个见解可以接受，诗歌就成了一门杂交的艺术：作为抽象的符号体系的语言就服从于音乐目的了。这一错误的概念要归咎于词典。人们往往忘了词典是人工汇编的，在语言之后很久才出现。语言的起源是非理性的，具有魔幻性质。丹麦人念出托尔、撒克逊人念出图诺尔时，并不知道它们代表雷神或者闪电之后的轰响。诗歌要回归那古老的魔幻。它没有定规，仿佛在暗中行走一样，既犹豫又大胆。诗歌是神秘的棋局，棋盘和棋子像是在梦中一样变化不定，我即使死后也会魂牵梦萦。

豪·路·博尔赫斯

---

1 Walter Horatio Pater（1839—1894），英国评论家、散文家，倡导一种精美的散文体裁，对唯美主义有较大影响。

失　　眠

夜晚，

夜晚准是巨大的弯曲钢梁构成，

才没有被我目不暇给的纷纭事物，

那些充斥其中的不和谐的事物，

把它撑破，使它脱底。

在漫长的铁路旅途，

在人们相互厌烦的宴会，

在败落的郊区，

在塑像湿润的燠热的庄园，

在人马拥挤的夜晚，

海拔、气温和光线使我的躯体厌倦。

今晚的宇宙具有遗忘的浩淼
和狂热的精确。

我徒劳地想摆脱自己的躯体，
摆脱不眠的镜子（它不停地反映窥视），
摆脱庭院重复的房屋，
摆脱那个泥泞的地方，
那里的小巷风吹都有气无力，
再前去便是支离破碎的郊区。

我徒劳地期待
入梦之前的象征和分崩离析。

宇宙的历史仍在继续：
龋齿死亡的细微方向，
我血液的循环和星球的运行。
（我曾憎恨池塘的死水，我曾厌烦傍晚的鸟鸣。）

南部郊区几里不断的累人路程，

几里遍地垃圾的潘帕斯草原，几里的诅咒，

在记忆中拂拭不去，

经常受涝的地块，像狗一样扎堆的牧场，恶臭的池塘：

我是这些静止的东西的讨厌的守卫。

铁丝、土台、废纸、布宜诺斯艾利斯的垃圾。

今晚我感到了可怕的静止：

没有一个男人或女人在时间中死去，

因为这个不可避免的铁和泥土的现实

必须穿越所有入睡或死去的人的冷漠

——即使他们躲藏在败坏和世纪之中——

并且使他们遭到可怕的失眠的折磨。

酒渣色的云使天空显得粗俗；

为我紧闭的眼帘带来黎明。

一九三六年，阿德罗格

英文诗两首

献给贝阿特丽斯·比维洛尼·韦伯斯特·德布尔里奇

一

拂晓时分，我伫立在阒无一人的街角，我熬过了夜晚。

夜晚是骄傲的波浪；深蓝色的、头重脚轻的波浪带着深翻泥土的种种颜色，带着不太可能、但称心如意的事物。

夜晚有一种赠与和拒绝、半舍半留的神秘习惯，有黑暗半球的欢乐。夜晚就是那样，我对你说。

那夜的波涛留给了我惯常的零星琐碎：几个讨厌的聊天朋友、梦中的音乐、辛辣的灰烬的烟雾。我饥渴的心用不着的东西。

巨浪带来了你。

言语，任何言语，你的笑声；还有懒洋洋而美得耐看的你。我们谈着话，而你已忘掉了言语。

旭日初升的时候，我在我的城市里一条阒无一人的街上。

你转过身的侧影，组成你名字的发音，你有韵律的笑声：这些情景都让我久久回味。

我在黎明时细细琢磨，我失去了它们，我又找到了；我向几条野狗诉说，也向黎明寥寥的晨星诉说。

你隐秘而丰富的生活……

我必须设法了解你：我撇开你留给我的回味，我要你那隐藏的容颜，你真正的微笑——你冷冷的镜子反映的寂寞而嘲弄的微笑。

二

我用什么才能留住你？

我给你贫穷的街道、绝望的日落、破败郊区的月亮。

我给你一个久久地望着孤月的人的悲哀。

我给你我已死去的先辈，人们用大理石纪念他们的幽灵：在布宜诺斯艾利斯边境阵亡的我父亲的父亲，两颗子弹射穿了他的胸膛，蓄着胡子的他死去了，士兵们用牛皮裹起他的尸体；我母亲的祖父——时年二十四岁——在秘鲁率领三百名士兵冲锋，如今都成了消失的马背上的幽灵。

我给你我写的书中所能包含的一切悟力、我生活中所能有的男子气概或幽默。

我给你一个从未有过信仰的人的忠诚。

我给你我设法保全的我自己的核心——不营字造句，不和梦想交易，不被时间、欢乐和逆境触动的核心。

我给你，早在你出生前多年的一个傍晚看到的一朵黄玫瑰的记忆。

我给你你对自己的解释，关于你自己的理论，你自己的真实而惊人的消息。

我给你我的寂寞、我的黑暗、我心的饥渴；我试图用困惑、危险、失败来打动你。

一九三四年

循 环 的 夜

献给西尔维娜·布尔里奇

毕达哥拉斯艰苦的门徒知道：
天体和世人周而复始，循环不已；
命定的原子将会重组那喷薄而出
黄金的美神[1]、底比斯人、古希腊广场。

在未来的年代，半人半马怪
将要用奇蹄圆趾践踏拉庇泰人的胸膛[2]；
当罗马化为尘埃，牛头怪在恶臭的迷宫
漫漫长夜里奔突，咆哮不已[3]。

每一个不眠之夜都会毫发不爽地重现。

写下这诗的手将从同一个子宫里再生。

铁甲的军队要筑起深渊。

（爱丁堡的大卫·休谟说过同样的话。）[4]

我不知道我们会不会像循环小数

在下一次循环中回归；但是

我知道有一个隐蔽的毕达哥拉斯轮回

夜复一夜地把我留在世上某个地方。

那地方在郊外。一个遥远的街角，

它可以在北方，在南方，或者西方，

---

1 这里原文是阿佛洛狄忒（Aphrodite），即罗马神话中的维纳斯，据说她出生时从海洋泡沫中跃出，Aphrodite 源自希腊文的 aphros（泡沫）。
2 希腊神话中居住在色萨利的拉庇泰人曾打退半人半马怪的骚扰。
3 希腊神话中克里特岛国王米诺斯之妻和海神波塞冬派来的公牛生下一个牛头人身怪，米诺斯把它囚禁在一座迷宫里，吞食雅典每年祭献的七对童男童女。
4 这首诗 1940 年发表时写的是"尼采"，博尔赫斯后来发现苏格兰哲学家、历史学家大卫·休谟（David Hume, 1711—1776）在其《有关自然宗教的对话》第八章阐述了循环时间之说，1964 年便作了修改。

但是总有一道天蓝色的围墙，

一株荫翳的无花果树和一条破败的小路。

那里是布宜诺斯艾利斯，时间给世人

带来了爱情或黄金，留给我的却只有

这朵凋零的玫瑰，这些凌乱的街道，

重复着我血液里的过去的名字：

拉普里达[1]、卡夫莱拉[2]、索莱尔[3]、苏亚雷斯[4]……

名字里回响着号角、共和国、军马和早晨，

欢乐的胜利，军人的牺牲。

在黑夜里显得格外空旷的广场

---

1 Francisco Narciso de Laprida（1786—1829），阿根廷政治家，1816 年当选为
图库曼国民代表大会主席，宣布普拉达河联合省独立，中央集权派受挫后逃
亡门多萨，被高乔人杀害。

2 Jerónimo Luis de Cabrera（1528—1574），西班牙征服者，1573 年建立阿根
廷科尔多瓦城。

3 Miguel Estanislao Soler（1783—1849），阿根廷将军、政治家，独立战争时曾
指挥 1812 年的塞里托战役，罗萨斯独裁统治期间，移居蒙得维的亚。

4 Joaquín Suárez de Roudelo y Fernández（1781—1868），乌拉圭独立运动领
袖，后任蒙得维的亚共和国临时总统。

仿佛是荒废宫殿的深深庭院，

而那些汇向广场的街道

则像是模糊的恐惧和梦幻的走廊。

安那克萨哥拉 [1] 破译的夜周而复始；

使我的躯体感受到终古常新的永恒

和一首永不停息的诗的回忆（或是构思？）：

"毕达哥拉斯艰苦的门徒知道……"

一九四〇年

1　Anaxagoras（前500—前428），古希腊哲学家，在雅典授课三十年，主张万
　物由极小的原子组成，创立宇宙论，并发现日食月食的原因。

关于地狱和天国

上帝管辖的地狱

不需要火的光芒。

最后审判的号角吹响，

大地敞开它的内脏，

民族从灰烬中再现，

聆听终审的判决，

看不到倒置大山似的九重层圈；

也看不到遍开长春花的

白茫茫的草地，

在那里，弓手的影子

永远追逐着狍子的影子；

看不到穆斯林地狱最低层

先于亚当和惩罚的母火狐；

看不到残暴的金属，

甚至看不到约翰·弥尔顿的黑暗。

可憎的三重铁壁的迷宫

和熊熊烈火压不倒

打入地狱的人的惊呆的灵魂。

岁月的深处

没有遥远的花园。

为了奖赏正直人的美德，

上帝不需要光亮的星球，

座天使、能天使、智天使

井然有序的同心圆论说，

也不需要音乐虚幻的镜子，

或者玫瑰的深邃，

老虎不祥的辉煌，

沙漠里凝重的黄昏，

和水的古老的原味。

上帝的慈悲中没有花园，

也没有期望或者回忆的光芒。

我在梦幻的镜子里隐约看见

应许的天国和地狱：

最后审判的号角吹响，

千年的星球停止运转，啊，时间，

你昙花一现的金字塔突然消失，

往昔的色彩和线条

在黑暗中组成一张面庞，

熟睡、静止、忠实、不变，

（也许是你所爱的女人，

也许是你自己），

注视着那张近在眼前

终古常新、完好无损的脸，

对打入地狱的人来说是地狱；

对上帝的选民来说则是天国。

一九四二年

猜 测 的 诗

一八二九年九月二十二日，弗朗西斯科·拉普里达博士遭到阿尔道手下高乔游击队杀害，他死前想道：

最后那个傍晚，子弹呼啸。

起风了，风中夹带着灰烬，

日子和力量悬殊的战斗结束，

胜利属于别人。

野蛮人胜了，高乔人胜了。

我，弗朗西斯科·纳西索·拉普里达，

曾钻研法律和教会法规，

宣布这些残暴省份的独立，

如今被打败了，

脸上满是血和汗水，

没有希望，没有恐惧，只有迷惘，

穿过最后的郊野向南奔突。

正如《炼狱篇》里的那个将领，

徒步逃奔，在平原上留下血迹，

被死亡堵住去路，倒身在地，

在一条不知名的河流附近，

我将会那样倒下。今天就是终结。

沼泽地上的黑夜

窥视着我，阻挠着我。我听见

穷追不舍的死亡的蹄声、

骑手的呐喊、马嘶和长矛。

我曾渴望做另一种人，

博览群书，数往知来，

如今即将死于非命，暴尸沼泽；

但是一种隐秘的欢乐

使我感到无法解释的骄傲。

我终于找到我的南美洲的命运。

我从孩提时开始的生活道路

营造了一个错综复杂的迷宫，

把我引到这个糟透的下午。

我终于找到了

我生活隐秘的钥匙，

弗朗西斯科·拉普里达的归宿，

我找到了缺失的字母，

上帝早就知道的完美形式。

我在今晚的镜子里看到了

自己意想不到的永恒的面庞。

循环即将完成。我等着那个时刻。

我踩上了搜寻我的长矛的影子。

死亡的嘲弄、

骑手、马鬃、马匹

向我逼近……最初的一击，

坚硬的铁矛刺透我的胸膛，

锋利的刀子割断了喉咙。

一九四三年

第四元素的诗 *

被阿特柔斯 [1] 家族的人

囚禁在海滩遭受羞辱的神，

变成了狮子、龙、豹，

变成了树和水。因为水是普洛透斯。

是形状难以记忆的云，

是夕阳彩霞的辉煌；

是编织冰冷旋涡的梅斯特罗姆 [2]，

是我怀念你时流下的无用的泪。

在宇宙起源学中，它曾是

养育万物的土地、吞噬一切的火、

掌管晚霞和朝霞的神的秘密根源。

[塞内加和米雷特斯的泰利斯（如是说）。] ³

海洋和摧毁铁制船舶的巨浪，

只是你的类比，

催人衰老和一去不回的时间，

只是你的隐喻。

凭借风势，你灰色的路途

曾是没有围墙和窗户的迷宫，

曾把归心似箭的尤利西斯

---

* 古代西方哲学家认为宇宙物质由风、火、土、水四种元素组成。水是第四
　元素。

1 Atreus，希腊神话中迈西尼国王，因妻被其弟蒂埃斯特斯诱奸，设计使蒂埃
　斯特斯误食其亲生儿子的肉。

2 挪威西海岸北冰洋中的旋涡，经常把船只吸入海底。

3 Seneca（前4—65），斯多葛派哲学家，史称小塞内加。Thales of Miletus
　（约前624—约前546），古希腊哲学家、数学家、天文学家，曾正确地测出
　公元前585年发生的日食现象。他认为水是宇宙物质的基本元素，参与一切
　变化。

导向无疑的死亡和模糊的机遇。

你像残忍的大刀那样闪光，
像梦那样包藏怪物和梦魇。
人们的语言给你增添神秘，
你的汇流叫作幼发拉底和恒河。

（人们说恒河的水是神圣的，
但是由于海洋进行着交换，
地球有许多孔洞，也可以说
所有的人都在恒河沐浴。）

德·昆西在混乱的梦中看见
你组成的海洋满是面庞和民族；
你安抚了世世代代的焦虑，
你洗涤了我父亲和基督的躯体。

水啊，我恳求你。听了我

对你说的这番话语，请记住

在你怀里游泳的朋友博尔赫斯，

在我最终时刻不要背弃我的嘴唇。

致诗选中的一位小诗人

你世上的日子编织了欢乐痛苦，
对你来说是整个宇宙，
它们的回忆如今在何处？

它们已在岁月的河流中消失；
你只是目录里的一个条目。

神给了别人无穷的荣誉，
铭文、铸文、纪念碑和历史记载，
至于你，不见经传的朋友，我们
只知道你在一个黄昏听过夜莺。

在昏暗的长春花间，你模糊的影子

也许会想神对你未免吝啬。

日子是一张琐碎小事织成的网，

遗忘是由灰烬构成，

难道还有更好的命运？

神在别人头上投下荣誉的光芒，

无情的荣光审视着深处，数着裂罅，

最终将揉碎它所推崇的玫瑰；

对你还是比较慈悲，我的兄弟。

你在一个不会成为黑夜的黄昏陶醉，

听着忒奥克里托斯[1]的夜莺歌唱。

1　Theocritus（约前 310—前 250），古希腊诗人，牧歌的创始者，对欧洲文学中
田园诗的发展有一定影响。

纪念胡宁战役的胜利者
苏亚雷斯上校的诗篇

他有过辉煌的时刻，策马驰骋，

一望无际的胡宁草原仿佛是未来的舞台，

群山环抱的战场似乎就是未来，

贫困，流亡，衰老的屈辱，

兄弟们在他出征时卖掉的阿尔托区的房屋，

无所作为的日子

（希望忘却，但知道忘不了的日子），

这一切算得了什么。

他有过顶峰，有过狂喜，有过辉煌的下午，

以后的时间算得了什么。

　　他在美洲战争中服役十三年。命运最终把他带到了东岸
共和国，带到内格罗河畔的战场。

　　傍晚时分，他会想到那朵玫瑰，

　　胡宁的血战，曾为他盛开：

　　长矛相接的瞬间长得仿佛无限，

　　发起战斗的命令，

　　开始的挫折，厮杀的喧闹声中，

　　他召唤秘鲁人进攻

　　（他自己和军队都感到突然），

　　灵感，冲动，不可避免的冲锋，

　　双方军队狂怒的迷宫，

　　长矛的战斗没有一声枪响，

　　他用铁矛刺穿的西班牙人，

　　胜利，喜悦，疲惫，袭来的睡意，

　　受伤的人在沼泽里死去，

　　玻利瓦尔的必将载入历史的言语，

西沉的太阳，再次喝到的水和酒的滋味，

那个血肉模糊、面目难辨的死者……

他的曾孙写下这些诗行，

默默的声音从古老的血统传到他耳旁：

——我在胡宁的战斗算得了什么，

它只是一段光荣的记忆，一个为考试而记住的日期，

或者地图集里的一个地点。

战斗是永恒的，不需要军队和军号的炫耀；

胡宁是两个在街角诅咒暴君的百姓，

或是一个瘐死狱中的无名的人。

一九五三年

《马太福音》
第二十五章第三十节 *

宪法区[1]的第一座高架桥，我脚下

轰响的火车织成了铁的迷宫。

黑烟和汽笛声升上夜空。

我突然想起了最后审判。不可见的地平线，

我内心深处，传来一个无限深远的声音，

说的是这些事（这些事，不是这些话，

那是我临时对一个词的拙劣的译法）：

星星，面包，东方和西方的图书馆，

纸牌，棋盘，画廊，天窗，地下室，

世上行走的人的躯体，

在夜间，在死后依然生长的指甲，

遗忘的影子，忙于反映的镜子，

音乐的下滑，最易塑造的时间形式，

巴西和乌拉圭的边境，马匹和拂晓，

青铜的砝码和一卷《格勒蒂尔萨迦》[2]，

代数和火焰，在你血液里奔腾的胡宁冲锋的激情，

比巴尔扎克笔下人物更多的日子，忍冬花的芳香，

情爱和情爱的前夜，无法忍受的怀念，

埋在地底的宝藏般的梦，慷慨的机遇，

令人眼花缭乱的回忆，

这一切都给了你，还有

英雄们古老的粮食：

虚幻的荣誉、失败、屈辱。

我们白白地给了你浩瀚的海洋，

---

* 《圣经·新约·马太福音》的这一节是："把这无用的仆人丢在外面黑暗里，在那里必要哀哭切齿了。"

1 布宜诺斯艾利斯一市区，位东南。

2 英国作家威廉·莫里斯曾翻译了一系列冰岛传说（萨迦），其中一卷以主人公"强者格勒蒂尔"为书名。

白白地给了你惠特曼见了惊异的太阳：

你消磨了岁月，岁月也消磨了你，

你至今没有写出诗。

罗　盘

献给埃斯特·森博拉因·德托雷斯

一切事物都是某种文字的单词，
冥冥中有人不分昼夜，
用这种文字写出无穷喧嚣，
那就是世界的历史。

纷纷扰扰的迦太基、罗马、我、你、他，
我自己也不了解的生命，
难解之谜、机遇、密码的痛苦，
还有通天塔的分歧不和。

所有的名字后面都有不可名的东西；

从这枚闪亮、轻盈的蓝色指针里，

我今天感到了它的吸力。

指针执著地对着大洋彼岸，

像是梦里见到的钟表，

又像是微微颤动的睡着的鸟。

萨洛尼卡 *的钥匙

阿巴伯尼尔、法里亚斯或者皮内多，

受到残酷迫害被逐出西班牙，

他们至今仍保存着

托莱多一座房屋的钥匙。

如今他们不存希望和恐惧，

傍晚时分瞅着那把钥匙；

青铜里包含着遥远的过去，

黯淡的光芒和默默的苦楚。

钥匙能开的门今天已成灰烬，

它是风流云散的象征，

正如圣殿的另一把钥匙，

当罗马人肆无忌惮地纵火时，

有人把它抛向苍天，

空中伸出一只手接住。

＊　即希腊塞萨洛尼卡基海港城市，古称萨洛尼卡。

一位十三世纪的诗人

他重读那第一首十四行诗

（当时还没有名称）字斟句酌的草稿，

那页异想天开的纸张

混杂着三句和四句的诗行。

他细细推敲严谨的格律，

突然停住了手中的翎笔。

从未来和它神圣的恐惧里

也许传来夜莺遥远的啭鸣。

他是否感到他不是孤身一人，

感到神秘的、不可思议的阿波罗

向他展示了一个原型。

一面渴望的镜子将捕捉到

黑夜关闭而白天打开的一切：

代达罗斯[1]、迷宫、谜语、俄狄浦斯。

1　Daedalus，希腊神话中奇巧的工匠，为克里特岛国王米诺斯建造了囚禁牛头怪的迷宫，米诺斯下令把他也关进迷宫，但他靠蜡制的翅膀逃脱。

乌尔比纳的一名士兵 *

那名士兵觉得自己没有出息，

再也不会在海上干一番事业，

只好甘心做些卑微的工作，

默默地在艰辛的西班牙流浪。

为了抹掉或减轻现实的残酷，

他寻找着梦想的东西，

罗兰之歌和不列颠传说

给了他魔幻的往昔。

太阳西沉，他凝视着广阔田野

黄铜色的回光返照；

感到百般无奈，孤独，贫困。

他不知道自己的命运；

要在梦境深处探个究竟，

堂吉诃德和桑丘已在那里漫游。

---

*　指西班牙作家塞万提斯，1570 年从军，1571 年参加抗击土耳其军队的勒班陀海战，上级是迭戈·德·乌尔比纳。

界　　限

这些深入西区的街道

准有一条（我不知道哪一条）

是我最后一次走过，

当时没有在意，浑然不觉。

我遵从了制定全能法则者的旨意

和一种隐秘而又严格的规矩，

遵从了播弄捭阖生命的

那些阴影、梦想和形式。

如果说一切都有终结和规格，

有最后一次的遗忘，

谁能告诉我们，在这幢房屋里，

我们无意中已经向谁告别？

泛灰的玻璃外面，黑夜已经终结。

在黯淡的桌面上，

投下参差影子的那堆书籍中间

必定有一本我们永远不会翻阅。

南城有不止一道破旧的大门，

门前有石砌的瓶状装饰

和仙人掌，仿佛一幅石版画

把我拒之于门外。

你把一扇门永远关上，

有一面镜子在徒劳地等待；

十字路口使你感到彷徨，

还有四张脸的雅努斯[1]在看守。

你所有的记忆里，
有一段已经消失，无法挽回；
无论在白天或黄色的月亮下，
你再也不会去到那个喷泉旁。

日落之际，你在夕照余晖中
渴望说出难以忘怀的事物，
你的声音却无法重复
波斯人用鸟和玫瑰的语言的讲述。

我今天俯视的罗讷河和莱芒湖，
昼夜不息，包含着多少事物？
它们将像迦太基一样，
被拉丁人用火与盐抹去。

1　Janus，罗马神话中的两面神，伊特鲁里亚的雅努斯有四张脸。

拂晓时我仿佛听见一阵喧嚣，

那是离去的人群；

他们曾经爱我，又忘了我；

空间、时间和博尔赫斯已把我抛弃。

巴尔塔萨·格拉西安 [*]

迷宫、象征、双关语、
冷漠和艰难的琐事，
对这位耶稣会教士都是诗，
都被他看成是谋略。

他灵魂里没有音乐；
只有隐喻和诡辩的范本、
对狡黠的崇敬、
对人和超人的蔑视。

他不为荷马古老的声音

和维吉尔铿锵清新的调子所动；

他不顾及注定要流浪的俄狄浦斯

和死于十字架上的耶稣基督。

东方璀璨的星星

在寥廓的曙光中黯然失色，

他却大煞风景，

把它们叫作"天空旷野的母鸡"。

他对圣洁的爱一无所知，

也不理解世人炽热的激情，

一天下午那个脸色苍白的女人

吟诵水手的篇章使他大吃一惊。

历史不是他最终的归宿；

泥土作为他昨天的形象

---

* Baltasar Gracián（1601—1658），西班牙作家，耶稣会教士，著有一些探讨英
雄或政治家为人处事的道德伦理观念的论文和一部寓言小说《好评论的人》。

已经摆脱了无常的坟墓，

格拉西安的灵魂归于荣耀。

他凝视着原型和光辉的时候，

心里会有什么感觉？

也许他会哭泣，暗忖道：

我从影子和错误汲取养分纯属徒劳。

当上帝毫不容情的太阳，真理，

展示它的火焰时，会发生什么？

也许在没有终极的荣耀中间，

上帝的光芒使他失明。

我却知道另一种结论。

格拉西安的主题过于渺小，

以致看不到荣耀，他只在记忆里

纠缠于迷宫、象征和双关语。

一个撒克逊人*（公元四四九年）

弯月已经下沉；

黎明，那金发强壮的男人

赤着脚迟疑地踏上

海滩的细沙。

他望着苍白的海湾那边

白色的陆地和黑色的山丘，

在一天中那个最早的时刻，

在上帝还未创造色彩的时刻。

他是坚强的。他的财富是

船桨、渔网、犁、剑、盾牌；

他久经战斗的手

能用铁刻出执著的如尼文字。

他从满是沼泽的地方来到

这片被大海侵蚀的陆地；

命运的穹隆像是白昼

笼罩着他和他的家园。

他用笨拙的手，用布条和铁钉

装饰沃登或图诺尔[1]，

在他们的祭坛上奉献

马匹、狗、飞禽和奴隶。

为了吟唱记忆或赞扬，

---

*　据盎格鲁－撒克逊历史学家比德考证，北欧人初次入侵英格兰是在公元449年。博尔赫斯后来说，写这首诗时没有考虑到英格兰的气候，让撒克逊人赤脚登岸是个失误。

1　Woden，Thunor，分别是北欧神话中主神奥丁和雷神托尔的撒克逊名称。

他新创了那些难念的名字；
战争是人与人的碰撞，
是长矛和长矛的交锋。

他的世界是海上的魔幻，
是松林深处
国王、狼群、从不宽容的命运
以及神圣的恐惧。

他带来了一种语言的词汇，
随着时间的推移，
提升为莎士比亚的音乐：
昼夜、水火、色彩与金属、

饥渴、痛苦、梦想、战争、
死亡和人类的其他习性；
在山林里，在开阔的平原上，
他的子孙创造了英格兰。

假　人 *

如果说名字是事物的原型

（希腊人曾在《克拉提勒斯》里说过），

"玫瑰"一词的字母里就有玫瑰花，

"尼罗"这个词就有滔滔的尼罗河。

必定有一个由辅音和元音组成的

可怕的名字，概括了上帝的本质，

它的字母和音节

包含着至高无上的权力。

伊甸园的亚当和星辰知道这名字，

（神秘哲学家们说）

罪恶使它变得锈迹斑斑，

世世代代的人已把它丢失。

人的机巧和天真没有止境。

我们知道曾经有一天，

上帝的子民在犹太人区

祈祷仪式里寻找那个名字。

别人在模糊的历史里

只是一个模糊的影子，

布拉格的大拉比，犹大·莱昂[1]

却在人们的印象中记忆犹新。

---

* Golem，一译"有生命的假人"，犹太民间传说中被赋予生命的泥人。犹太教神秘主义者认为希伯来字母具有神秘的创造力，术士们可以用它拼成一个神圣的字眼或秘名，从而赋予泥人以生命。

1 Judah Loew ben Bezalel（约1520—1609），犹太哲学家，1597年起担任布拉格犹太大拉比。据说他曾把写有上帝秘名的纸条插入泥人嘴里，创造出一个假人，为他和犹太社区服务。拉比是对犹太学者的尊称。

莱昂渴望知道上帝知道的东西，

他专心致志地研究

字母的置换和复杂的变化，

终于念出了那个名字。

那个名字是关键、

门、回声、主人和宫殿，

他用笨拙的手制作一个陶俑，

向它传授字母、时间和空间的秘密。

那个假人抬起瞌睡的眼睛，

在喧嚣声中看见

他所不理解的形象和色彩，

怯生生地尝试行动。

它和我们一样逐渐卷入

这个由声音组成的迷网，

涵盖了以前、以后、昨天、现在、

左右、你我、其他等等。

（充当灵感的神秘哲学家

把这创造物称为假人；

肖莱姆在他博学的书里 [1]

讲述了这些事实。）

拉比向它解释宇宙的事物：

"这是我的脚；那是你的脚；这是绳索。"

若干年后，终于使那懵懂的弟子

好歹能够清扫犹太教堂。

也许是文字符号的组合，

也许是圣名的发音出了错；

尽管巫术十分高明，

人的门徒没有学会说话。

1　指格肖姆·肖莱姆《喀巴拉的象征主义》一书。

它的眼光不像人，而更像狗，

但和狗相比，更像无生命物，

在幽居所的朦胧阴影里，

紧随着拉比的身影。

假人还有一点反常和粗俗，

因为每当它经过时，拉比的猫

就要躲藏（肖莱姆的书里没有提到猫，

但随着岁月的推移，我猜到了）。

它向它的上帝举起孝顺的手，

模仿它的上帝的祈祷，

或者带着愚蠢的微笑，

匍匐在地，顶礼膜拜。

拉比深情地瞅着它，

不免有些恐惧。他暗忖道：

我怎么造出这个让人伤心的儿子，

它虽然具有智慧，但无所作为？

在无穷无尽的序列里，
我何必增添一个象征？
何必在那纠缠不清的永恒的线团
加上又一场因果、又一个伤心？

在痛苦与迷蒙的时刻，
他的眼光落到假人身上，
谁能告诉我们，上帝望着
布拉格的大拉比时感到了什么？

一九五八年

探　戈

他们将在什么地方？

悼亡的挽歌问道，

似乎有一个去处，在那里，

昨天能成为今天和未来。

在尘土飞扬的穷巷和贫民区，

纠集了刀客和亡命徒，

结帮拉派的那个坏蛋，

他将在什么地方？（我又问。）

给历史留下一个故事，

给时间留下一个传说，

不为爱憎或金钱就拔刀相见，

那些匆匆过客将在什么地方？

我在传说中寻找

科拉莱斯和巴尔瓦纳拉

好勇斗狠的人的事迹，

他们的余烬像一朵迷蒙的玫瑰。

巴勒莫的刀客穆拉尼亚，

那个隐秘的阴影，

会在哪些偏僻的小巷，

或者另一个世界的哪个荒野？

催命鬼伊韦拉（愿圣徒保佑他），

在公路桥上杀了自己的弟弟扁鼻子，

他弟弟欠下的人命比他更多，

于是哥俩扯了个平局。

拼刀子的神话

逐渐被人遗忘；

赞扬好汉行径的歌谣

在下流的警匪新闻中淹没。

另一块炭火，灰烬里另一朵炽热的玫瑰，

完整地保存了那些传说；

叙述了高傲的刀客

和悄悄的匕首的分量。

要命的匕首和另一把匕首——

时间——把他们委诸泥淖，

那些死者今天仍活在探戈中间，

他们超越了时间和不幸的死亡。

他们在音乐里，

在嘈嘈切切的弦声中，

六弦琴通过米隆加舞曲

奏出欢乐和单纯的勇敢。

马匹和好汉组成黄色的圆圈，

在空地上旋转，

我以前见过街上跳的探戈，

现在听到了它们的回声。

今天它蓦然单独冒了出来，

违抗了忘却，没有以前或将来，

它带着失落的意味，

失落和重新找到的意味。

和弦里有旧时的事物：

另一个庭院和掩映的葡萄蔓。

（在多疑的围墙后面，

南区保存着匕首和吉他。）

暴风骤雨般的探戈乐曲

对抗了忙碌的岁月；
由泥土和时间塑造的人
比轻灵的旋律短暂。

旋律仅仅是时间。探戈唤起
似乎不真实的骚乱的回忆，
在僻静的郊区打斗死去，
仿佛是不可能发生的往事。

另　一　个

写下千百首铿锵的六韵步诗的

那位希腊人，在第一首中祈求

艰苦的缪斯女神或者神秘的火，

让他歌唱阿喀琉斯的愤怒。[1]

他知道另一个，一位神，

会使我们昏暗的工作豁然开朗；

几世纪后，《圣经》上写道

圣灵能随心所欲地给人启发。

那个不知名的冷酷无情的神

把恰如其分的工具给了他选中的人：

把黑暗的墙壁给了弥尔顿，

把流浪和遗忘给了塞万提斯。

记忆中得以延续的东西归于他。

归于我们的是渣滓。

1　荷马史诗《伊利亚特》以"女神啊，请歌唱佩琉斯之子阿喀琉斯的致命的愤
　　怒"开篇。

玫瑰与弥尔顿

一代又一代的玫瑰

在时间深处相继消失，我希望

逝去的事物中有一朵不被遗忘，

没有标志或符号的一朵。

命运给了我天禀

叫出那朵沉默的花的名字，

弥尔顿凑在面前

却看不见最后的一朵玫瑰。

啊，一个模糊的花园里

朱红、淡黄或纯白的玫瑰，

神奇地留下你古老的往昔，

在这首诗里焕发出光彩。

看不见的玫瑰金黄、殷红、象牙白，

或者像你手里那朵一样昏暗。

读　者

那位愁容满面、皮肤枯槁的绅士
一心只想干一番英雄事业，
永远准备在第二天外出冒险，
但人们猜测他从未离开过书房。
详细记载他的奋斗经过
和他悲喜剧似的荒唐行为的历史
不是塞万提斯，而是他的想象，
无非是一部梦想的历史。
我的命运也是如此。
我曾读过那位绅士的故事，
在旧时的那间书房里，

我知道我埋葬了某些不朽的东西。

一个孩子慢慢翻阅的那些书页，

梦想着他所不知道的模糊的事物。

《约翰福音》第一章第十四节 [*]

东方有这么一个故事 ¹，说的是

当时的国王养尊处优，烦闷无聊，

他乔装打扮，单独外出，

到城里四处走走。

和那些胖手胖足、

寻常的老百姓混在一起。

同那位何鲁纳埃米尔 ² 一样

神今天也想在人间走一趟。

同那些复归于泥土的普通人一样，

他由一位母亲分娩到世上，

他将拥有整个世界：

空气、水、面包、早晨、石块和百合。

然后是殉难的鲜血，

侮辱、铁钉和十字架。

---

* 《圣经·新约·约翰福音》的这一节是："道成了肉身，住在我们中间，充充
满满的有恩典，有真理。我们也见过他的荣光，正是父独生子的荣光。"
1 这里指《一千零一夜》中哈里发何鲁纳·拉施德微服出游的一系列故事。
2 Emir，伊斯兰国家王公、酋长等的尊称。

觉　　醒

阳光透了进来，我从梦中
颠顶升到众生共享的梦，
周围的事物恢复了
期待的、应有的位置。
模糊的昨天纷至沓来：
鸟和人的由来已久的迁徙，
刀兵摧毁的军团，
罗马和迦太基。
回来的还有日常的历史：
我的声音、面庞、恐惧、命运。
啊，但愿那另一种觉醒，死亡，

能给我不含记忆的时间。

让我忘掉我的名字和经历，

啊，但愿那个早晨能有遗忘！

致不再年轻的人

你已经看到悲惨的场景，

事物都各得其所；

剑和灰烬归于狄多[1]，

钱币归于贝利萨留[2]。

七尺黄土、喷涌的鲜血

和挖开的墓穴已在这里，

你何必在迷蒙的六韵步诗里

继续寻找战争的喧嚣？

深不可测的镜子在窥视你，

它将梦见并遗忘

你临终弥留的反映。

你的末日已经迫近。

这就是你每天看到的街道，

你度过漫长而又短暂下午的家。

---

1 Dido，据维吉尔的史诗《埃涅阿斯纪》，狄多是迦太基的建立者和女王。特
   洛伊战争后，王子埃涅阿斯出走，遇风暴漂流到迦太基，狄多爱上了他，希
   望他能留下不走，但埃涅阿斯坚持前去意大利另建国家，狄多伤心之余自焚
   而死。
2 Belisarius（505—565），东罗马帝国皇帝查士丁尼一世的名将，遭贬谪后被
   刺瞎双目，在君士坦丁堡行乞，据传他在路边茅屋外挂一个口袋，上书："请
   给可怜的老贝利萨利奥一枚小银币。"

亚历山大·塞尔扣克[*]

我梦见海洋，那片海洋，将我囚禁，

英格兰亲切土地上的早晨，

上帝的钟声召唤着礼拜的人们，

把我从梦想中叫醒。

我经受了五年孤独之苦，

久久地眺望着无限的远处，

那一切如今成了往事，

我着魔似的在酒店里叙述。

上帝让我回到了人们的世界，

重新看到镜子、门户、数目和名字，

我不再是那个久久地望着海洋的人，

望着海洋和它深远的草原。

我该做些什么才能让那另一个知道

我在这里和亲人们一起，安然无恙？

---

* Alexander Selkirk（1676—1726），苏格兰水手。英国小说家、记者丹尼尔·笛福（1660—1731）根据他遇海难、在荒岛生活的真实事迹创作了著名小说《鲁滨孙漂流记》。

《奥德赛》第二十三卷 [*]

铁剑义无反顾

执行了复仇的任务；

锋利的投枪和长矛

痛饮了恶人的鲜血。

不顾神和海洋的阻挠，

不顾神和黑风的狂暴，

不顾阿瑞斯[1]的喧嚣，

尤利西斯回到他的王国和王后身边。

明丽的王后偎依着国王，

沉浸于共枕同寝的情爱，

想当年他像丧家之犬，

闯荡世界，日夜流浪。

自称是无名氏，

那个人今在何处？

---

* 荷马史诗《奥德赛》共 24 卷，叙述特洛伊战争后希腊英雄、伊萨卡岛国国王
奥德修斯在海上漂流十年，经历种种艰险，终于回到家乡，杀死骚扰他妻子
佩涅洛佩的求婚者，夺回自己的财产。第 23 卷写的是佩涅洛佩认出了乔装成
乞丐的奥德修斯。罗马神话中称奥德修斯为尤利西斯。

1　Ares，希腊神话中的战神，相当于罗马神话中的马尔斯。

他

你的肉眼看到

无法逼视的太阳光芒，

你的肉身接触到

松散的尘埃或坚实的岩石；

他是光芒、黑色和黄色，

他用永不停息的眼睛注视着你，

探索映像的眼睛，镜子的眼睛，

黑色的七头蛇和红色的老虎。

他不满足于创造。他是他所创造

奇异世界上的每一个生物：

是深植的雪松的执著的根，

是月亮的盈亏圆缺。

人们管我叫该隐。通过我

永恒者体味了地狱之火的滋味。

萨 缅 托 *

丰碑和荣耀没有把他压垮。

我们始终不渝的颂扬

没有磨光他坎坷的现实。

百年纪念日的喝彩欢呼

没有使这个孤独的人忘乎所以。

他不是空名山谷的古老回声，

也不是独裁政权所能摆布的

这样或那样的空白象征。

他就是他。他是祖国的见证。

他目睹了我们的屈辱和光荣，

五月独立的光芒和罗萨斯的恐怖，

另一个恐怖和未来隐秘的日子。

他是继续爱憎、继续战斗的人。

九月的那几个黎明，

谁都无法忘怀，谁都无法叙说，

我知道我们的感受。

他怀着执著的爱想拯救我们。

他日日夜夜走在人们中间，

人们给他的是侮辱或者崇敬

（因为他没有死）。

他像凝视魔幻的水晶球似的

聚精会神地凝视着幻象，

那里包含着时间的三相：

未来、过去和现在，

梦想者萨缅托仍在梦见我们。

---

* Domingo Faustino Sarmiento（1811—1888），阿根廷政治家、作家、教育家，因反对独裁者罗萨斯，曾流亡智利做新闻工作，1868—1874 年任阿根廷总统。

致一位一八九九年的小诗人 [*]

白昼的尽头向我们窥视，

你想为那荒凉的时刻留下一首小诗，

把你的名字联系上

那金黄和昏暗的伤心日子。

日近黄昏，你在那首古怪的诗里

注入了多少激情，

直到宇宙灭绝消泯，

将证实那奇异的湛蓝时刻。

我不知道你的愿望是否实现，

模糊的兄长，我不知道你是否存在，

但是我形单影只，我希望

你淡薄的影子从遗忘中重现。

让这些已经疲惫的单词

在即将逝去的黄昏中组合。

得 克 萨 斯

这里也有。正如大陆的另一边缘，

这里无限广袤的田野上，

孤独的呼喊声随风飘散，

这里也有印第安人、马匹、套索。

这里也有不知名的飞禽，

鸣声超越了历史的轰响，

为一个下午和它的回忆歌唱；

这里也有星球的神秘字母。

指使我这支翎笔

写下岁月没有尽头的迷宫

未能带走的名字：圣哈辛托[1]、

别的温泉关 [2]、阿拉莫 [3]。

这里也有生命——不为人知的、

热切的、短暂的事物。

---

1 哥伦比亚城镇,美洲解放者西蒙·玻利瓦尔 1822 年曾在此小住。

2 希腊色萨利的一个山口,公元前 480 年波斯国王薛西斯一世进攻希腊时,希腊将军莱昂尼达斯率领三百名斯巴达人在此死守。

3 得克萨斯圣安东尼奥城堡,1836 年遭圣塔安纳将军率领的墨西哥军队攻克,美国守军死伤殆尽。

写在一册《贝奥武甫》*上的诗

我有时自问，年已垂暮，

明知没有精通的希望，

为什么还要开始学习

粗犷的撒克逊人的语言。

岁月磨损了记忆，

反复诵读依旧枉然，

正如我的生活编织了

厌倦的历史又把它拆散。

我暗忖：难道灵魂充分了解

它有不朽的特点，

它广阔而严谨的循环

无所不包，无所不能？

在这热望和这首诗之外，

无限的宇宙在将我等待。

---

* 《贝奥武甫》是英国文学中第一部英雄史诗，史诗故事发生于现在的丹麦和瑞典南部当时盎格鲁－撒克逊人居住的地方，8 世纪前半叶有关贝奥武甫的传说形成文字，1815 年根据手抄本第一次排印出版。

亨吉斯特国王 [*]

国王的墓志铭

这块石板下安放着亨吉斯特的遗骨，

他在这些岛屿上

建立了奥丁家族的第一个王国，

餍足了鹰的饥饿。

国王说

我不知道铁器在石头上刻出什么如尼文字，

但我有如下的话要说：

苍天在上，我是雇佣兵亨吉斯特。

西面那些地区

濒临名叫"持矛武士"[1]的海洋，

我把力量和勇气卖给那里的国王，

但是力量和勇气容不得

被人们出卖，

我在北方消灭了

不列颠国王的敌人之后，

又杀了国王。

我靠剑赢来的王国让我高兴；

那里有河流可供划船捕鱼，

有漫长的夏季和土地

可供耕作放牧，

有不列颠人干苦活，

---

* 标题原文为 Hengist Cyning。亨吉斯特是古代居住在北欧日德兰半岛的朱特人的领袖，公元 449 年在英格兰肯特登陆，统治到 488 年。Cyning，盎格鲁－撒克逊文中意为"国王"。

1 盎格鲁－撒克逊人用"持矛武士"代表海洋，有如罗马神话中手持三叉戟的尼普顿是海洋之神。

有石墙城镇可供蹂躏，

因为那里已没有活人。

我知道不列颠人

管我叫作叛徒，

但我忠于自己的勇敢，

我不把命运托付给别人，

谁都不敢背叛我。

片　断

一把剑，

在拂晓的寒气中锻造的铁剑，

剑上的如尼文字

谁也不能不予理会，谁也不能破译，

来自波罗的海的剑，

将在诺森布里亚受到称赞，

诗人们把它比作冰和火，

一位国王赠与另一位国王，

这一位却把它付诸梦想，

一把忠贞不渝的剑，

直到命中注定的时刻，

一把将辉耀战役的剑。

手中的一把剑，

将主宰人们交织的壮丽战役，

手中的一把剑，

将染红狼的利牙

和乌鸦无情的喙，

手中的一把剑，

将挥霍红金，

手中的一把剑，

将屠宰金穴里的蛇，

手中的一把剑，

将征服王国，丧失王国，

手中的一把剑，

将横扫如林的长矛。

贝奥武甫手中的一把剑。

约克大教堂的一把剑

坚强的人在你的铁里延续，

他曾战斗在凶险的海洋和兵燹的陆地，

他挥舞着你，对抗死亡，

但终于枉然，现在成了星球的尘埃。

死亡也属枉然。

来自挪威的勇猛的白人，

受史诗般命运的摆布到了这里；

他的剑成了他的形象和名字。

尽管死了很久，长期流放，

凶残的手仍紧握铁剑，

武士的影子笼罩这里，

我在他面前是影子下的影子。

我是瞬间，瞬间是尘埃，不是钻石，

唯有过去才是真实。

致一位撒克逊诗人

你的躯体今天已散成粉尘，

以前和我们一样在地上有过分量，

你的眼睛见过太阳，那颗有名的恒星，

你生活的时代不是僵死的昨天，

而是永不停息的目前，

达到时间的终点和令人眩晕的顶峰，

你在修道院里听到

史诗古老声音的召唤，

你编织了词句，

歌颂了布鲁南堡的胜利[1]，

你不把胜利归功于上帝，

而归功于你国王的利剑，

你欣喜若狂地歌唱

维京人的挫败，

乌鸦和鹰的盛宴，

你在战争的颂歌里汇集了

种族惯常的隐喻，

你在没有历史记载的时间里

从目前看到了昨天，

在布鲁南堡的血水和汗水里

看到了古代曙光的镜子，

你热爱你的英格兰，

却没有指出它的名字，

你今天已无踪迹可寻，

只有日耳曼学者摘下的诗句。

今天你什么都不是，

只是我诵读你铿锵诗句时的声音。

1　公元 937 年英伦三岛的居民在布鲁南堡与墨西亚（前南斯拉夫和保加利亚）
　　和西撒克逊人的联军作战。文中的撒克逊诗人是一个僧侣。

我恳求我的神或者时间的总和，

让我的日子无愧于遗忘，

我的名字像尤利西斯一样默默无闻，

但是在宜于回忆的夜晚，

或者在人们的早晨，

某些诗句得以流传。

斯诺里·斯图鲁松 *

你把冰与火的神话

流传给后辈的记忆，

你树立了海盗家族

剽悍狂暴的荣誉。

一个刀光剑影的黄昏，

你惊感你可悲的肉体在颤抖，

在那个没有明天的时刻，

你发现了自己的怯懦。

冰岛之夜，风暴带着盐味

激起怒涛万丈。

你的家遭到包围。你喝下了

刻骨铭心的屈辱的苦酒。

利剑在你灰白的头上落下，

正如你书中多次提到那样。

---

* Snorri Sturluson（1179—1241），冰岛诗人、历史学家，出身显赫，与挪威王
室有密切联系，由于同情挪威国舅反对国王的活动而引起国王反感，1241 年
被杀害。重要著作有《散文埃达》和《挪威王列传》（前者被称为有关神话和
诗学的教科书，后者是关于史前时期直至公元 1177 年的挪威国王的历史）。

致卡尔十二世 [*]

瑞典国王卡尔十二世，

大草原上的维京人，

你完成了先辈奥丁神

从北方到南方的路程。

你自鸣得意的是

千古传诵的业绩，

殊死的战斗，霰弹迸裂的恐怖，

不屈不挠的钢剑和流血的光荣。

你了解战胜或战败

无非是一个机遇的两个方面，

除勇敢之外再没有别的美德；

大理石的丰碑终究归于忘却。

你冷冷地燃烧，独自在沙漠；

无人理解你的灵魂，而你已死去。

伊曼纽尔·斯维登堡

那人比别人高出一头，

在芸芸众生中间行走；

他几乎没有呼唤

天使们隐秘的名字。

他望着世人看不见的事物：

火红的几何学，

上帝的水晶宫殿，

地狱欢乐的旋涡。

他知道天国和地狱

及其神话并存于你的灵魂；

他像那个希腊人一样，

知道岁月是永恒的反映。

他用枯燥的拉丁文记下

没有原因和时间的最后事物。

乔纳森·爱德华兹 [*]

远离城市，远离喧嚣的广场，

还有那时间的变化无常，

爱德华兹已成永恒，

在金黄树木的阴影下梦想行进。

今天是明天的苗头、昨天的延续，

上帝的每件事物在宁静的氛围中

都神秘地将他颂扬，

无论是傍晚或月亮的金黄。

他幸福地想道，

世界是愤怒的永恒工具，

为少数人创造的企盼的天国

对几乎所有人来说是地狱。

在丝纷麻乱的精确中心

还禁锢着蜘蛛，也就是上帝。

爱　默　生

那位颀长的美国绅士

合上手中的蒙田作品，

去寻找另一种相似的乐趣：

欣赏平原辉煌的暮色。

他在田野上信步走去，

朝着缓缓倾斜的西方远处，

朝着夕阳染红的天际，

正如写这些诗行的人的记忆。

他想道：我博览了重要的书籍，

也写了一些书，不会被遗忘抹去，

承蒙一位神的不弃，

让我知道了世人能知道的一切。

我的名声传遍了大陆；

但我没有生活。我想成为另一个人。

埃德加·爱伦·坡

大理石的哀荣，

尸蛆欺凌的发黑的身躯，

集中了死亡胜利的冰冷象征。

这一切都不能使他畏惧。

他怕的是另一个阴影，爱情，

众生共同的命运；

他不敢逼视的不是闪光的金属，

不是大理石墓石，而是玫瑰。

他反复从镜子的另一面

投身他错综复杂的使命，

苦心孤诣地营造梦魇。

也许他从死亡的另一面

继续孜孜不倦地创造

惊世骇俗的珍品。

卡姆登*，一八九二年

咖啡和报纸油墨的香气。

星期日和星期日的百无聊赖。

早晨和模糊看到的报纸

刊登了一个同行的隐喻诗篇。

贫寒然而整洁的小屋，

白发老人缠绵病榻，

他从疲惫的镜子里

厌烦地瞅着自己的面庞。

他不再诧异地想：那张脸就是他。

他那心不在焉的手抚摩着

凌乱的胡子和无力的嘴巴。

结局已经不远。他出声说：

我的生命几乎已经结束，但我的诗歌颂了

生命和生命的辉煌。我是沃尔特·惠特曼。

巴黎，一八五六年

长期卧病在床

使他习惯了预感死亡。

喧闹的白天使他发怵，

他不喜欢同人们相处。

海因里希·海涅来日无多[1]，

他想着时间的长河

缓缓把他带离那漫长的昏暗

和作为人与犹太人的痛苦命运。

他想着那些优美的旋律

曾让他再三琢磨，但他很清楚

颤音不是来自树木或禽鸟，

而是来自时间和他模糊的日子。

你的夜莺，你的金色黄昏

和你歌唱的花朵挽留不了你。

1　海涅体弱多病，早在 30 年代便有瘫痪的迹象，1848 年起完全瘫痪，卧床八年，并患眼疾，几乎双目失明，但以极大的毅力坚持写作，口授完成了《罗曼采罗》。1856 年在巴黎去世。

拉斐尔·坎西诺斯 – 阿森斯 [*]

遭到唾弃和厌恶的人民形象

在痛苦和长夜祈祷中永生，

仿佛某种神圣的恐怖，

深深地吸引着他。

他像喝美酒的人那样，

畅饮《圣经》的《诗篇》和《雅歌》，

觉得那种甜美是为他而设，

那里诉说的就是他的命运。

人们管她叫作以色列。

坎西诺斯内心深处听到了她，

正如预言者在隐秘的山头听到

燃烧的黑莓丛中传来上帝隐秘的声音。

愿她的回忆永远和我相随。

其余的事情自有荣耀诉说。

---

* Rafael Cansinos-Asséns（1882—1964），西班牙文学批评家、小说家、翻译家，极端主义诗歌运动发起人之一。

谜

今天我还在这里歌唱，

明天我将死去，不知所向，

住在一个奇妙而荒凉的星球，

没有时间，没有以前和以后。

这是神秘主义的断言。我深信自己

虽然登不了天国，却不至于下地狱

但是我不作任何预言。我们的历史

像普洛透斯的形状那样变化多端。

当这场冒险的终结

把我交给死亡奇特经历的时候，

我将遭遇什么游移不定的迷宫，

看到什么白得耀眼的强光？

我要痛饮你晶莹的遗忘，

地久天长，但没有以往。

瞬　息

哪里是世纪？哪里是

鞑靼人渴望的剑的梦想？

哪里是摧毁的坚固城墙？

哪里是亚当的禁果之树？

现时寥落孤寂。

回忆构成了时间。

时钟的惯例是交替欺骗。

岁月像历史一般虚幻。

黎明和夜晚之间

是痛苦、光亮和焦虑的深渊；

夜晚磨损的镜子

照出的脸庞已不是昔日模样。

今天转瞬即逝，而又永恒；

别指望另一天国或另一地狱。

致　　酒

荷马的青铜器皿里闪耀着你的名字，
给人们心里带来欢乐的红黑色的酒。

千百年来你在人们手中相传，
从希腊人的兽头杯到日耳曼人的牛角觥。

历史初露曙光时你已出现。你一路上
把你的激情和豪气给了一代又一代的人。

你和另一条由时间汇成的长河一起，
不分昼夜地流淌接受朋友们的欢呼。

酒啊，你像深沉的幼发拉底母亲河，
顺着世界的历史不停地奔流。

我们在你所在的水晶杯里，
看到了基督鲜血的红色隐喻。

在苏非[1]教派的狂喜的诗里，
你是弯刀，是玫瑰，是红宝石。

别人尽可以在你的忘川里抛开悲哀；
我要在你那里寻找分享激情的欢乐。

我把你当成打开往昔夜晚的敲门砖，
给寒冷黑暗带来光亮的烛台和礼物。

酒啊，我曾管你叫作两情相悦的爱
或者炽热的冲突。但愿如此。

---

1 古代波斯某些穆斯林信奉的神秘主义。

酒的十四行诗

在哪一个王国，哪一个世纪，

哪个寂静的星移斗转的组合下，

哪个没有立碑纪念的秘密日子里，

冒出了发明欢乐的勇敢而奇特的主意？

金色的秋季初创了那个主意。

艳红的葡萄酒像时间的长河

世代流淌，它在艰苦的路程中

给了我们大量音乐、热情和豪气。

在喜庆的夜晚或者不幸的日子，

它激发了欢乐或者减缓了惊骇，

我今天献给酒神的赞歌

阿拉伯人和波斯人都曾经唱过。

酒啊，请教我看清我自己的历史，

仿佛它已成为记忆中的灰烬。

一九六四年

一

世界已不再神奇。它们已离你而去。

你不再分享皎洁的月光

和舒缓的花园。每晚的月亮

都是过去的镜子。

凄凉的水晶，痛苦的太阳。

永别了，相互爱慕的手

和耳鬓厮磨。今天你的所有

只是忠实的回忆和孤寂的日子。

人们失落的（你徒劳地重复说），

只是他们没有和从未得到之物。

然而为了掌握遗忘的艺术，

单有勇气还远远不够。

一个象征。一朵玫瑰使你心碎，

一首吉他乐曲可能要你性命。

二

我再也不会幸福。也许无关紧要。

世界上还有许多别的事物；

任何一个瞬息都比海洋

更为深邃，更为多种多样。

生命短暂，个别的时辰虽很漫长，

但是一件惊奇在黑暗中窥视我们，

那就是死亡，另一个海洋，

另一支使我们摆脱日月和爱情的箭。

你给了我又夺去的幸福

必须一笔抹杀；

一切的一切必须化为乌有。

我只剩下悲哀的乐趣。

那个虚幻的习惯使我向往

南方，某扇房门，某个街角。

饥　　饿

乱伦战争的古老而凶残的母亲，
但愿你的名字从地球表面给抹去。

你把维京人高昂的船头和沙漠的长矛
投向开阔地平线的周遭。

在比萨的乌戈利诺的饥饿之塔[1]
你留下了遗迹，在但丁的诗篇里，

我们隐约看见（只是隐约看见）最后时刻
和笼罩下来的阴影里的垂死挣扎。

你迫使狼冒险走出松林，

你导致让·华尔强[2]伸手偷盗。

你的形象之一是时间，

那个不停地坦然吞噬地球的神。

还有一个黑暗和骷髅的神，

她的床榻是不眠，她的面包是饥饿。

住阁楼的查特顿[3]守着伪托古籍，

望着黄色的月亮，你给了他死亡。

1　中世纪意大利支持教皇的归尔甫派和支持国王的吉伯林派斗争不断，1270
　　年，吉伯林派的比萨伯爵乌戈利诺与归尔甫派结盟，企图篡夺比萨最高权力，
　　失败后又与佛罗伦萨人结盟，逼迫比萨人归还他的领地。1284 年，热那亚人
　　与比萨人交战，乌戈利诺背弃了比萨人。1288 年，他和两子两孙一起被囚禁
　　在瓜兰迪塔，活活饿死。但丁《神曲·地狱篇》提到了这个故事。
2　法国小说家雨果《悲惨世界》中的人物，原是拿破仑时代一个穷苦工人，因
　　偷了一块面包，被捕判罪，坐了十九年监牢。
3　Thomas Chatterton（1752—1770），英国诗人，颇有才华，十岁能诗，但不
　　甘清贫，伪托一个子虚乌有的 15 世纪的僧侣托马斯·罗利发表了一些诗篇。
　　十八岁时服毒自杀。

人们从出生到弥留之际，
你要求他们为每天的面包感恩。

你的钝剑困扰着一代又一代人，
直逼狮虎的脑门。

乱伦战争的古老而凶残的母亲，
但愿你的名字从地球表面给抹去。

外　地　人

他发了信件和电报，

到外面不明确的街上走走，

发现了一些他不关心的细微差别，

想起了阿伯丁或者莱顿，

对他来说，那些城市比这里更逼真，

这里是个直线的迷宫，算不上复杂

他真正的生活在远方，

岁月把他带到此地。

在一个编了号的房间里，

他对着镜子刮脸，

虽然镜子不会再照出他的容颜，

他又觉得那张脸

比它所包含的多年雕琢的灵魂

显得更坚定，更不可捉摸。

他在一条街上和自己相遇，

你也许会发觉他颀长灰白，

茫然望着周围的事物。

一个冷漠的妇女

主动提出陪他一个下午，

关起房门干些事情。

那人会忘掉她的长相，

多年后在北海附近，

才记起电灯或百叶窗。

那天晚上，他的眼睛

望着一个长方的形状里

骑手和他史诗般的平原，

因为西部地方包括地球，

在从未去过那里的人们

梦中得到反映。

在幢幢黑影里，

那个外地人以为到了自己的城市，

出去时却惊异地发现不是一回事，

说的是另一种语言，有另一片天，

我们临终之前

已经有了地狱和天国；

就在这个城市，布宜诺斯艾利斯，

对于我梦中的外地人来说

（我在另一些星辰下曾是外地人），

它是一系列模糊的形象，

仿佛专为遗忘而设。

致 读 者

你不会受到伤害。掌握你命运的神灵

难道未曾向你揭示

你必然归于尘土的真理？

难道你不可逆转的时间

并不是赫拉克利特看到的那条

反映出浮生若梦的象征的长河？

你不会看到的大理石碑在等你。

上面记着日期、地点和墓志铭。

时间的梦也会转瞬即逝，

并非坚实的青铜或者精炼的黄金；

宇宙和你一样，像普洛透斯那般无常。

等在你路途尽头的是黑夜，

你一直在朝着那个方向行走；

从某种意义说，你死之已久。

炼 金 术 士

薄晨时分，一个焚膏继晷、

久久思索的年轻人，

全神贯注地守着

不眠的炭火和蒸馏甑。

他知道普洛透斯似的变幻的黄金，

藏在任何侥幸下面，有如命运；

他知道黄金在路上的尘土里，

在弓箭和发射弓箭的手臂上。

他模糊地看见一个物体

隐藏在星宿和淤泥里，

有另一个梦想在搏动，

正如泰利斯所见：万物皆水。

还有另一个幻觉；永恒的上帝，

他那无处不在的面貌包括万物，

在一本比地狱更艰深的书里，

精确的斯宾诺莎作了说明……

东方蔚蓝寥廓的天际，

行星的光亮逐渐黯淡，

炼金术士思索着

联系星球和金属的秘密规律。

正当他激动地认为已经找到

能使人长生不老的金子之际，

精通炼金术的上帝

把他化为尘埃、化为乌有和遗忘。

某　人

一个被时间耗损的人，

一个连死亡也不期待的人

（死亡的证明属于统计范畴，

人人都承担了作为

第一个永生者的风险），

他已经学会了感激

平时最简单的施舍：

睡梦、惯例、水的滋味，

一个无人怀疑的词源，

一首拉丁或者撒克逊诗歌，

对于一个女人的回忆，

多年前那女人离他而去，

今天想来已没有苦涩，

他不会不知道目前

已成为未来和遗忘，

他曾经背信弃义，

也遭到别人的背弃，

他过马路时会突然感到

一种神秘的幸福，

它不是来自希望，

而来自古老的单纯，

来自他自己的根，或者游移的神。

他知道不应该较真，

因为还有比老虎更可怕的理由

将证明他有不可推卸的义务，

必须充当不幸者，

但他谦卑地接受

那种幸福，那一束强光。

也许在死亡中，

当尘土归于尘土之际，

我们永远是那无法解释的根，

根上将永远生长，

无论是沉着或者张狂，

我们孤独的地狱或天堂。

永恒（一）

不存在的事物只有一样。那就是遗忘。

上帝保全了金属，也保全渣滓，

在他未卜先知的记忆里

寄托着将来和逝去的月亮。

一切都已停当。从黎明到黄昏，

你的脸庞在镜中已经留下，

并且今后还要留下

千百个反映出来的形象。

宇宙是记忆的多彩的镜子，

一切都是它的组成部分；

它艰巨的过道无穷无尽，

你走过后一扇扇门相继关上；

只有在太阳西下的那一方，

你才能见到原型和耀光。

---

* 这首诗的标题原文是英文 Everness。维尔杜戈－富恩特斯撰写的《博尔赫斯
访谈录》中《作家豪尔赫·路易斯·博尔赫斯谈博尔赫斯》篇有如下的一段
文字："Everness 这个词是威尔金斯在 17 世纪创造的，意思是永恒，但比永
恒更有力。他还创造了一个更为有力、更为可怕的词，从没有人用过，那就
是 Neverness，指的是永远不会发生的事物。博尔赫斯借用了 Everness 一词，
写下这首特别悲怆的十四行诗，因为他想说明，在这个世界上一切事物都是
镜花水月。"

永恒（二）*

让我口中吟唱卡斯蒂利亚的诗歌，

叙说自从塞内加使用拉丁语以来

一直传诵的令人毛骨悚然的意见：

世上的一切都必将归于腐土。

让我重新歌唱苍白的灰烬，

死亡的奢华以及

修辞女王的胜利，

她把炫耀的旗帜踩在脚下。

并非如此。我不会像懦夫那样

否认我拙笔所赞美的一切。我知道

不存在的事物只有一件。那就是遗忘。

我知道永恒中继续燃烧

我所丧失的许多珍贵东西：

锻炉、月亮和下午。

* 这首诗的标题原文是德文 Ewigkeit，意为"永恒"。

俄狄浦斯与谜语

黎明四足匍匐，中午双脚直立，

暮色苍茫时用三条腿踽踽而行，

带翼狮身的斯芬克斯历尽沧桑，

这就是她的兄弟，人，给她的印象。

傍晚来了一个人，

在那怪异形象的镜子里

惊骇地识破了他的衰亡

和他命运的反映。

我们是俄狄浦斯，从长远说，

无论是将来或者过去，

我们也是那三重形状的动物。

看到我们巨大的本来模样，

我们不由得垂头丧气；

上帝慈悲地给了我们交替和遗忘。

斯 宾 诺 莎

犹太人那双仿佛半透明的手

在昏暗中研磨着水晶的透镜，[1]

即将消逝的傍晚带来忧虑和寒意。

（傍晚和傍晚没有什么差异。）

手和晶莹的空间

黯淡无光地在犹太人区边缘，

对那淡泊的人几乎已不存在，

因为他在梦想一个明净的迷宫。

他不为名望所困扰，那仿佛

另一面镜子的梦中之梦的映像。

也不为少女羞涩的爱情感到惶惑。

他超越了隐喻和神话，

打磨着坚硬的水晶：

上帝的全部星辰的无限图像。

---

1 荷兰哲学家斯宾诺莎父母为葡萄牙人和犹太人。他不愿接受大学教职，以研磨透镜的收入来维持学术研究。

西　班　牙

超越象征，

超越周年纪念日的奢华和灰烬，

超越语法学者的怪诞行径，

他在那位梦想成为堂吉诃德、

梦想终于成真的绅士的故事里，

看到的不是友谊，不是欢乐，

而是古语汇编和谚语大全，

静悄悄的西班牙，你在我们中间。

在西部草原，蒙大拿州，死在刀剑

或者来复枪下的美洲野牛的西班牙，

尤利西斯漫游冥府的西班牙，

伊比利亚、凯尔特、迦太基人和罗马的西班牙，

斯堪的纳维亚血统的

剽悍的西哥特人的西班牙，

他们曾经解读但又忘却

乌尔斐拉斯[1]主教的经书，

伊斯兰、神秘哲学、

灵魂黑夜派的西班牙，

宗教裁判法官的西班牙，

他们不幸而充当了刽子手，

但也有可能成为殉道者，

长期冒险的西班牙，

探明了海洋的秘密，

征服了残忍的帝国，

直到这里布宜诺斯艾利斯，

一九六四年七月的一个傍晚，

另一把奔放的吉他的西班牙，

不似我们卑微的吉他，

庭院深深的西班牙，

虔诚的石砌大教堂和圣殿的西班牙，

诚实而友好热情的西班牙，

血气之勇的西班牙，

我们可以移情别恋，

可以像忘掉自己的过去那样

把你忘掉，

因为你不可分割地在我们中间，

仿佛成了我们血液中的惯例。

在我祖先阿塞韦多和苏亚雷斯家族，

西班牙，

江河、刀剑和世世代代的母亲，

永不停息，不可回避。

挽　歌

啊，博尔赫斯的命运，

他曾航行在地球好几个海洋，

或者说，名称不同的唯一孤僻的海洋，

他曾居住在爱丁堡、苏黎世、

两个都叫科尔多瓦的城市、

以及哥伦比亚和得克萨斯，

经过世代沧桑，他归来了，

回到他祖先古老的土地，

回到安达卢西亚、葡萄牙，以及

撒克逊人和丹麦人流血战斗的伯爵领地，

他在伦敦恬静的红砖迷宫里徘徊，

在无数镜子里照出自己的衰老，

他徒劳地寻找大理石雕塑的目光，

查看石版画、百科全书、地图册，

他见过人们常见的事物：

死亡、笨拙的黎明、平原和迷人的星辰，

除了布宜诺斯艾利斯一个姑娘的脸之外，

他什么或者几乎什么都没有看到，

他不希望那张脸再记得他。

啊，博尔赫斯的命运，也许不比你的命运更奇特。

波哥大，一九六三年

亚 当 被 逐

是否真有伊甸园，或者只是一个梦？

我在朦胧的光线下款款自问，

如果说今天潦倒的亚当曾是主人，

那几乎成了一种安慰。

那只是我梦见的上帝一个魔法的欺骗。

那个阳光明媚的乐园

如今在记忆中已经模糊不清，

但是我知道它确有其事，并且永存，

尽管不为我而设。艰苦的人间

以及该隐、亚伯和他们的子孙

世代绵延的战斗是对我的惩罚。

尽管如此，有过爱情，

有过幸福，接触过伊甸园，

哪怕只有一天，也是极乐。

致一枚钱币

我从蒙得维的亚起航的那晚风大浪急。

转过塞罗山时，

我在最高一层甲板上扔出一枚钱币，

寒光一闪，在浊水中淹没，

时间和黑暗卷走了发光的物体。

我感到自己干了一件不可挽回的事，

在地球的历史上增添了两串

不断的、平行的、几乎无限的东西：

一是忧虑、爱和变迁组成的我的命运，

另一是那个金属圆片，

被水带到无底深渊

或者遥远的海洋，在那里

撒克逊人和维京人的遗骸仍受到侵蚀。

我梦中或不眠的每一时刻

总是同不知名的钱币的另一时刻印证。

有时候我感到后悔，

有时候我感到嫉妒，

嫉妒你像我们一样，

处于时间和它的迷宫中间而不自知。

关于天赐的诗（另一首）

我要对神圣的因果迷宫

表示感激之情，

由于多种多样的创造物

形成了这个奇妙的宇宙，

由于理性永远梦想着

一幅迷宫的蓝图，

由于海伦的美貌和尤利西斯的坚韧，

由于爱心让我们

像神看人那样看待别人，

由于坚硬的钻石和柔顺的水，

由于水晶宫殿般精确的代数学，

由于西里西亚的安杰勒斯[1]神秘的钱币，

由于似乎破解了宇宙奥秘的叔本华，

由于火的耀眼光辉，

任何人看了都会产生古老的惊愕，

由于桃花心木、雪松和紫檀，

由于面包和盐，

由于玫瑰的神秘，

它提供了色彩而没有看见，

由于一九五五年的某些前夕和白天，

由于那些艰苦的赶牲口人，

他们在平原上催促牛群和黎明，

由于蒙得维的亚的早晨，

由于友谊的艺术，

由于苏格拉底最后的时日，

由于垂暮时一个十字架上的人

对另一个十字架上的人的言语，

1　Angelus Silesius（1624—1677），波兰神秘主义诗人。

由于长达一千零一夜

的伊斯兰的梦，

由于地狱、

起净化作用的火塔

和天国重霄的另一个梦，

由于在伦敦街道上

同天使对话的斯维登堡，

由于集于我一身的

源远流长的隐秘河流，

由于几百年前我在诺森布里亚用的语言，

由于撒克逊人的剑和竖琴，

由于像闪光的沙漠似的海洋，

我们所不了解的许多事物，

以及维京人的墓志铭，

由于英格兰的语言音乐，

由于日耳曼的语言音乐，

由于诗歌中光芒四射的黄金，

由于史诗般的冬季，

由于我没有读过的一本书的名字：《上帝借法兰克
人之手完成的业绩》，

由于那鸟一般天真的魏尔兰，

由于水晶棱镜和青铜的沉重，

由于老虎毛皮的条纹，

由于旧金山的高楼和曼哈顿岛，

由于得克萨斯的早晨，

由于编纂《道德使徒书》的那个塞维利亚人 [1]，

作者不愿扬名，所以我们不清楚到底是谁，

由于科尔多瓦的塞内加和卢坎 [2]，

他们早在西班牙语形成之前

就创造了全部西班牙文学，

由于几何学的奇妙的棋局，

由于芝诺的乌龟悖论和罗伊斯的地图，

---

1 《致法比乌斯的道德使徒书》是西班牙一部由三行诗组成的长诗，作者可
能是安德列斯·费尔南德斯·安达拉达、弗朗西斯科·莱奥加或者罗德里
科·卡罗。
2 古罗马修辞学家大塞内加和他的儿子、哲学家小塞内加都生于西班牙的科尔
多瓦。《法萨利亚》的作者卢坎是小塞内加的侄子，也生于科尔多瓦。

由于桉树的药香，

由于假装睿智的语言，

由于废除或修改过去的遗忘，

由于像镜子一样将我复制

和确认的惯例，

由于给我们以开端幻觉的早晨，

由于夜晚及其黑暗和星象，

由于别人的品德和幸福，

由于从忍冬花中感到的祖国，

或者写诗的惠特曼和阿西西的方济各，

由于诗歌的源泉永不枯竭，

同全部创造物浑然一体，

虽然因人而异，

但永无终极，

由于弗朗西斯·哈斯拉姆，

因为老而不死而请子女原谅，

由于梦前的几分钟，

由于梦和死亡，

那两种隐秘的宝藏，

由于我没有提到的亲切的礼物，

由于时间的神秘形式——音乐。

一九六六年写的颂歌

祖国不是个别的人物。

不是那个高耸在黎明的广场

勒住青铜战马的骑士，

不是那些双目凝视的大理石雕塑，

不是那些把战火的灰烬

撒播在美洲土地上的英雄，

不是留下诗篇或业绩的骚客壮士，

也不是那些给后世留下典范的完人。

祖国不是个别的人物。

任何象征代表不了祖国。

祖国不是个别的人物。

古往今来的时间

满载着战役、刀剑和动乱，

缓慢兴起的城镇

把朝阳和落日连成一片，

失去光泽的镜子

照出的面庞正在衰老，

无名的痛苦持续到拂晓，

蛛网般的雨丝在花园飘摇——

这一切都不是祖国的象征。

朋友们，祖国是永不休止的行动，

正如永不休止的世界。

(倘若那个永恒的旁观者

不再想到我们，哪怕是片刻，

银白迅疾的闪电

就会把我们击穿。)

祖国不是个别的人物。

可是我们都不应当辜负

那些骑士立下的古老誓言，

要成为他们当时还不知晓的人，阿根廷人，

成为他们可能成为的人，

正由于他们在古老的土地上宣了誓。

我们是那些男子汉的未来，

是那些死者的安慰；

我们的职责是继承

我们应当维护的那些影子

遗留给我们的光荣重任。

祖国不是个别的人物，而是我们全体。

让那些纯洁奇妙的火焰

在你我胸中燃烧不熄。

梦

如果梦像人们所说那样是间歇，

是心灵的纯粹的休息，

那么你被猛然弄醒时，

为什么会感到怅然若失？

为什么起得太早会情绪低落？

时辰夺走了我们珍贵的礼物，

它对我们如此亲切，

只有清醒染成梦的昏睡可以解释。

而那些梦很有可能

是黑暗所珍藏的残缺反映，

在一个不知名的永恒世界

被白天的镜子加以扭曲。

今夜在模糊的梦中,

在你墙的另一侧,你将是谁?

胡　宁

我是我，但也是一个死去的人，

另一个和我同一血统、同一姓氏的人；

我是个流浪的绅士，

我在沙漠中抵挡了长矛的入侵。

我回到了胡宁，这地方我从未来过，

回到了你的胡宁，博尔赫斯祖父。

最后的影子或者灰烬，你听到了吗？

或者你在铜的梦中不理睬这残缺的声音？

在我的想象里你神情严肃，带些忧郁。

有谁能告诉我你是什么模样，你是谁？

一九六六年，胡宁

李将军*的一名士兵
（一八六二年）

在一条不知名的小河旁边，

水清见底，他被一颗枪弹击中。

脸朝下倒地不起。（那是真事，

不止一个人的命运和他的相似。）

松林的针叶在金色空气中颤动。

耐心的蚂蚁爬上漠然的面孔。

太阳冉冉升起，普照大地。

许多事物已变得面目全非。

变化永无尽头，直到某天，

那时候我将为你歌唱，

但是没有恸哭声伴随，

你早像死人那样倒下。

没有纪念你的大理石碑；

六尺黄土是你默默的光辉。

＊ Robert Edward Lee（1807—1870），美国南北战争期间的南军统帅。

海　洋

早在梦寐（或者恐怖）编出

神话或者宇宙起源学之前，

早在时间铸成日子之前，

海洋，终古常新的海洋，已经存在。

海洋是谁？那狂暴古老的家伙是谁？

它侵蚀着陆地的支柱，

是许多海洋中的一个，

是深渊，光辉，偶然和风。

瞅着它的人将首次看见它，

永远如此。基本的东西除了

留下惊奇之外，还有

美丽的傍晚、月亮、火焰和篝火。

海洋是谁，我又是谁？

我将在末日后的那天得到解答。

一六四九年的一个早晨

查理[1]在人们中间行进。

他左顾右盼。推开了

押送人员的搀扶。

他已经不需要说谎。

他知道今天面对的是死亡，不是遗忘，

他知道他是国王。等待他的是死刑；

早晨难以忍受但很真切。

他没有恐惧的感觉。作为老练的赌徒，

他对什么都无动于衷。

他喝尽了生命之酒；在武装人员之中

他成了真正的孤家寡人。

他觉得断头台并不有损于他的声誉。

法官们不是上帝。他微笑额首示意。

这种场面他不是第一次经历。

---

1 Charles I of England（1600—1649），英国和爱尔兰国王，暴虐无道，1649
年 1 月 30 日以暴君、叛国者、杀人犯和人民公敌的罪名被送上断头台。

致一位撒克逊诗人

诺森布里亚的皑皑白雪

曾留下但又忘了你的足迹，

忧郁的兄弟，我们一起

经过多少夕照余晖。

你在漫长的阴影里

慢慢推敲海上利剑的隐喻、

松林里的恐惧

与白天俱来的孤寂。

哪里才能找到你的名字和面貌？

那些保存在古老遗忘里的事物。

我永远想象不出

你在茫茫大地上的情况。

你走遍了天涯路；

如今只剩下铿锵的诗。

布宜诺斯艾利斯

以前每当我要把你寻找，我总是到

你与夕阳和平原相接的边缘，

到那保存着旧时的马鞭草

和素馨花清香的铁栅栏。

你存在于巴勒莫的记忆，

在经常发生斗殴、

动辄拔刀相见的往昔的神话，

在带有把手和圆圈

毫无用处的镏金青铜拴马环。

薄暮时分，夕阳西斜，

我在南区的庭院，

在逐渐模糊的影子里感到了你。

如今你在我身体里，你是我朦胧的命运，

那些感觉至死才会消失。

布宜诺斯艾利斯（另一首）

这座城市现在像是一幅平面图，

记载了我的挫折和屈辱；

我曾从那扇门里眺望夕阳，

在那座大理石像前面苦苦等待。

在这里，模糊的昨天和清晰的今天

给了我人类命运的通常遭遇；

我在这里的步履

构成了一座庞大的迷宫。

在这里，灰蒙蒙的下午

等待着早上欠它的果实；

在这里，我的影子像一缕青烟，

将消失在同样模糊的最终影子里。

联系我们的不是爱而是恐惧；

也许正由于这原因，我才如此爱你。

致 儿 子

生养你的人不是我，是那些死者。

是我的父亲、祖父和他们的前辈；

是已经成为神话的太古时代

从亚当和沙漠里的该隐和亚伯以来，

设计了漫长的爱的迷宫，

一直绵延到未来的这一天

那些有血有肉的人，

现在通过我生养了你。

我感到了他们的众多。其中有我们，

我们之中有你和你将生养的儿子。

以后的儿子和亚当的儿子。

我也是他们中间的一个。

永恒属于时间的范畴，

因此也是匆匆过客。

匕　首

献给玛加丽塔・本赫

抽屉里有把匕首。

十九世纪末期西班牙托莱多锻造的匕首；路易斯・梅利安・拉菲努斯从乌拉圭带来，送给了我的父亲；埃瓦里斯托・卡列戈有一次拿在手里。

看到它的人都会把它拿在手里，把玩一会儿；长远以来，人们显然在寻找它；一看到它就赶紧握住那柄在等待的把手；温顺而坚韧的刀身插进鞘里严丝合缝。

匕首却另有所求。

它不仅仅是一件金属构造的物品；人们设计并制作了它，

目的十分明确；在某种意义上可以说它是永恒的，匕首昨晚在塔夸伦博杀过一个人，以前杀过恺撒。它要杀戮，要制造突然的流血事件。

匕首同草稿和信件一起，躺在书桌的一个抽屉里，无休无止地做着它单纯的老虎梦，它一被掌握就兴奋起来，因为金属顿时有了生气，金属每接触到杀人者就有预感，匕首是人们为杀人者制造的。

有时候，我感到悲哀。多么坚韧，多么坚定的信念，多么冷漠或者无辜的高傲，岁月白白流逝。

死去的痞子

他们仍旧支撑着

七月大道的集市，

那些模糊的影子和别的影子

或另一头狼，饥饿，争斗不止。

郊区的边缘地带，

最后的阳光成为黄色，

他们受了致命伤或已死去，

回到他们的婆娘和匕首那里。

他们活在不可置信的传说里，

在走路的姿态，在吉他的弹奏，

在奇特的容貌，在口哨声，

在平淡的事物和暧昧的名声里。

在栽有葡萄藤的亲切庭院里，

人们拨弄吉他时，他们栩栩如生。

图书在版编目（CIP）数据

另一个, 同一个 / (阿根廷) 博尔赫斯 (Borges, J. L.) 著；
王永年译. —上海：上海译文出版社, 2016.8（2024.11 重印）
(博尔赫斯全集)
ISBN 978-7-5327-7125-7

I. ①另… II. ①博… ②王… III. ①诗集－阿根廷－
现代 IV. ①I783.25

中国版本图书馆CIP数据核字 (2015) 第278774号

JORGE LUIS BORGES
El otro, el mismo

图字：09-2010-605号

本书由上海市新闻出版专项资金资助出版

另一个, 同一个	JORGE LUIS BORGES	出版统筹 赵武平
	豪尔赫·路易斯·博尔赫斯 著	责任编辑 缪伶超
El otro, el mismo	王永年 译	装帧设计 陆智昌

上海译文出版社出版、发行
网址：www.yiwen.com.cn
201101 上海市闵行区号景路159弄B座
上海信老印刷厂印刷

开本850×1168 1/32 印张6.25 插页2 字数27,000
2016年8月第1版 2024年11月第18次印刷

ISBN 978-7-5327-7125-7
定价：48.00元